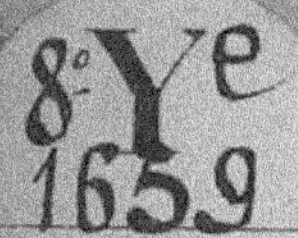

POÉSIES
LITURGIQUES

(2e Série)

PAR

L'ABBÉ MESSINE

CHANOINE HONORAIRE

MONTPELLIER
IMPRIMERIE GROLLIER ET FILS, BOULEVARD DU PEYROU, 9

1886

POÉSIES

LITURGIQUES

(2e Série)

POÉSIES
LITURGIQUES

(2e Série)

TRADUCTION EN VERS

des Hymnes, Proses, Chants divers du Paroissien Romain

PAR

L'ABBÉ MESSINE

CHANOINE HONORAIRE

MONTPELLIER

IMPRIMERIE GROLLIER ET FILS, BOULEVARD DU PEYROU, 9

1886

ÉVÊCHÉ
de
MONTPELLIER

Montpellier, le 28 avril 1886.

MONSIEUR LE CHANOINE,

La lecture que vous m'avez faite de quelques pages de votre traduction en vers des hymnes du Paroissien me fait apprécier favorablement ce nouvel ouvrage sorti de votre plume.

Je comprends que vous ayez encore le désir de répandre parmi les fidèles, dans l'intention de les édifier, vos pieuses poésies. Elles les aideront à mieux entendre le sens de la liturgie sacrée, et à mieux en goûter l'esprit. Je souhaite à votre travail tout le succès qu'il mérite, et que vous pouvez légitimement attendre.

Veuillez agréer, Monsieur le Chanoine, l'assurance de mes sentiments respectueux et dévoués.

† FR.-MARIE-ANATOLE, *Évêque de Montpellier.*

A *Monsieur le Chanoine Messine.*

Office du Dimanche

A TIERCE

Esprit Saint, un avec le Père
Conjointement avec le Fils,
Répands en hâte ta lumière
Rends nos cœurs humbles et soumis.

Que nos voix, notre esprit, notre âme.
Proclament ton être divin ;
Que ton amour en nous s'enflamme,
Qu'il brûle aussi notre prochain.

O Père, entends notre prière,
Entendez-la pareillement,
Fils, Esprit Saint égaux au Père,
Qui régnez éternellement.

A SEXTE

Recteur puissant, Dieu véridique,
Qui, le matin, dans ton amour,
Fais lever l'astre magnifique
Et nous chauffes au beau du jour,

Éloigne de nous les querelles,
Tempère nos trop vifs désirs,
Soutiens nos forces corporelles,
De la paix donne les plaisirs.

O Père, entends notre prière,
Entendez-la pareillement,
Fils, Esprit Saint égaux au Père,
Qui régnez éternellement.

—

A NONE

O Seigneur, toujours immuable,
Qui tiens tout de ta forte main,
Qui règles de l'astre admirable
Et le lever et le déclin,

Donne-nous, au soir de la vie,
Une inextinguible clarté ;

Fais que notre mort soit suivie
D'immortelle félicité.

O Père, entends notre prière,
Entendez-la pareillement
Fils, Esprit Saint égaux au Père,
Qui régnez éternellement.

—

A VÊPRES

O Créateur, Dieu débonnaire,
Qui, pour régler l'ordre du temps,
Fis d'abord luire la lumière
Prélude de ton bras puissant,

Qui veux que par jour l'on entende
L'espace du matin au soir,
Avant que la nuit ne descende
Nous te rendons le saint devoir.

Ne permets pas que criminelle
Notre âme se trouve à la mort ;
Qu'oubliant sa fin éternelle,
Les pechés l'aggravent encor ;

Mais plutôt que le bien céleste
Elle cherche avec fermeté ;

Qu'évitant le péché funeste,
Nous lavions toute iniquité.

Accueille bien notre prière,
O Père très compatissant,
Ainsi que toi l'égal du Père
Avec l'Esprit toujours régnant.

—

A COMPLIES

Avant que finisse le jour
Nous t'invoquons, Dieu de clémence,
Sois à la fois comme toujours
Notre guide et notre défense.

Chasse au loin les rêves impurs,
Les frayeurs que la nuit amène ;
Et pour nous garder toujours purs,
Contiens l'ennemi sous la chaîne.

O Père très compatissant,
O Fils en tout égal au Père,
Avec l'Esprit toujours régnant,
Exaucez bien notre prière !

Antiennes à la Sainte-Vierge

PENDANT L'AVENT

Alma Redemptoris....

Du Rédempteur auguste Mère,
Qui tiens toujours le ciel ouvert
A qui t'implore et te révère ;
Toi, belle étoile de la mer,
Accorde tes faveurs puissantes
Au peuple qui, pour revenir
De ses chutes humiliantes,
Te presse de le secourir ;
Toi qui, Vierge, par un miracle
Dont la nature s'étonna,
Mis au monde dans une étable
Le Dieu même qui te créa ;
Toi qu'avec tant de révérence
Salua l'Ange Gabriel,
Aux pécheurs montre ta clémence,
Donne-leur de gagner le ciel.

—

DEPUIS LA PURIFICATION JUSQU'AU JEUDI-SAINT

Ave.....

Reine des cieux, des Vierges Mère,
Tige sainte à fruit précieux,
Porte d'où jaillit la lumière,
A toi salut, à toi nos vœux.
Réjouis-toi, Vierge immortelle,
La première par la candeur ;
Je te salue, ô la plus belle,
Implore pour nous le Sauveur.

—

PENDANT LE TEMPS PASCAL

Regina cœli.....

Reine du ciel, à l'allégresse
Livre ton cœur si généreux,
Ton cher Fils selon sa promesse
Des morts est sorti glorieux.
Nous partageons ta vive joie
Et l'Alleluia nous chantons ;
Fais que, suivant la sainte voie,
Dans le ciel nous le répétions.

—

DEPUIS LA TRINITÉ JUSQU'A L'AVENT

Salve Regina.....

O Reine, ô mère de clémence,
Notre vie et notre douceur,
Notre joie et notre espérance,
A toi salut, à toi l'honneur.
Enfants d'une mère coupable,
De notre exil nous t'invoquons,
Sur cette terre misérable
En pleurs vers toi nous soupirons.
Oh ! de grâce, Vierge puissante,
Notre avocate auprès de Dieu,
Tourne vers nous compatissante
Tes yeux miséricordieux ;
Et quand viendra l'heure dernière,
Jésus ton Fils, notre Sauveur,
O Marie, ô bien douce Mère,
Montre-nous-le dans sa splendeur.

—

Sub tuum præsidium.....

Dans nos périls, dans nos alarmes,
Nous recourons à vous, sainte Mère de Dieu,
A nos prières, à nos larmes,
Daignez faire toujours un accueil gracieux.
Oui, soyez bien notre défense ;
Des dangers à la fois si nombreux et si grands,
Accordez-nous la délivrance,
O Vierge glorieuse et bénie en tout temps.

Office ordinaire de la Sainte-Vierge

A VÊPRES

Ave maris stella.....

Salut, Étoile de la mer,
Du Dieu Sauveur aimable Mère,
Vierge qui tiens le ciel ouvert
A qui t'invoque et te révère.

Tu le reçus de Gabriel
Ce salut le plus mémorable,
Nouvelle Ève te fit le ciel,
Donne-nous une paix durable.

Des captifs brise les liens,
Aux aveugles rends la lumière,
Chasse les maux et tous les biens,
Obtiens-nous-les par la prière !

Montre-toi bien pour tes enfants
Mère sensible et magnifique ;
Que le Fils formé de ton sang
Par toi reçoive nos suppliques.

Vierge unique, parmi les doux
Tu tiens aussi le rang suprême ;
De nos péchés délivre-nous,
Rends-nous doux et chastes de même.

Fais que nous vivions saintement,
Des dangers préserve nos voies,
Afin qu'un jour, Jésus présent,
Nous goûtions les celestes joies.

A Dieu le Père gloire, honneur,
De même au Christ, son Fils unique ;
Gloire au divin Consolateur
A tous les trois même Cantique !

Commun des Saints

POUR LES APOTRES ET ÉVANGÉLISTES

(Hors le temps pascal)

Fais éclater ta joie, ô terre,
Ciel retentis des plus beaux chants !
Le monde entier loue et révère
Les saints Apôtres triomphants.

O vous des siècles la lumière,
Vous, les arbitres des humains,
Écoutez notre humble prière,
Soyez nos guides, nos soutiens.

Vous qui d'un mot fermez les portes
Du Paradis et les ouvrez,
Du péché les chaînes si fortes
Brisez-les et nous délivrez.

Et puisque votre aide puissante
Au malade rend la santé,
Sauvez notre âme languissante,
Faites-nous croître en sainteté ;

Afin qu'au jour de la justice
Qui fixera le dernier sort,
Le Christ, notre juge propice,
Du Ciel nous donne le trésor.

Au Père, au Fils gloire suprême,
Au Saint-Esprit pareillement,
Comme au passé, toujours de même,
A Dieu gloire éternellement.

—

POUR LES APOTRES ET ÉVANGÉLISTES

(Au temps pascal)

La perte du divin Jésus,
Mort par tourments les plus horribles,
Avait laissés très abattus
De ce bon maitre les disciples.

Mais aux femmes un Ange a dit :
« Bientôt Christ au troupeau fidèle,
» Lui-même, ainsi qu'il l'a prédit,
» Portera l'heureuse nouvelle, »

Vers les Apôtres anxieux
Elles vont doncavec prestesse,
Qand apparaît Christ glorieux
Qu'elles suivent dans l'allégresse.

Et les Apôtres sont venus
Sur les monts de la Galilée ;
Là tout joyeux de leur Jésus
Ils voient la face illuminée.

O Jésus, afin d'être à tous
A jamais la pascale joie,
Du péché mortel garde-nous,
Sois notre vie et notre voie !

Honneur à toi, divin Seigneur,
Qui des morts reviens à la vie ;
A Dieu le Père même honneur,
Au Saint Esprit gloire infinie.

—

POUR UN MARTYR

O Dieu, de tes soldats vaillants
Le salut, le prix et la gloire ;
Pardonne à ceux qui font des chants
Pour glorifier leur mémoire.

Le Saint aujourd'hui couronné
Dans la bienheureuse patrie,
Repoussa comme empoisonné
Le bien trompeur de cette vie.

Vers les tourments il a couru,
Les a soufferts avec courage,
Et le sang qu'il a répandu
L'a conduit au divin parage.

C'est pourquoi, Dieu plein de bonté,
En souvenir de sa constance,
Pardonne à notre iniquité,
Nous t'en prions avec instance.

A Dieu le Père gloire, honneur,
A Dieu le Fils mêmes hommages ;
A l'Esprit-Saint consolateur
Louange, honneur dans tous les âges.

—

POUR PLUSIEURS MARTYRS

(Hors le temps pascal)

Réunissons nos voix pour célébrer des Saints
Le mérite, l'honneur, les gestes héroïques ;
Mon cœur dans son élan pour ces vainqueurs divins
Me pousse à les louer par les plus beaux cantiques.

Ce sont ces fiers chrétiens que le monde insensé
Rejeta de son sein, parce qu'en leur sagesse
Et pour toi, bon Jésus, ils avaient repoussé
Ses fleurs, ses fruits flétris et ses folles promesses.

C'est encore pour toi que des cruels tyrans
Ils ont aux pieds foulé les terribles menaces ;
Le fer labourait-il leurs membres palpitants,
On ne les voyait point fléchir, demander grâce.

Ils étaient égorgés ainsi que des agneaux,
Mais des plaintes jamais, pas plus que des murmures ;
Leur cœur pur, leur foi vive et l'amour du Très Haut
Leur donnaient d'être forts au milieu des tortures.

Quelle voix, quelle langue exprimera jamais
Les trésors, ô Jésus, qu'à tes martyrs tu donnes?
Teints de leur propre sang, enrichis de bienfaits,
Leurs fronts sont surmontés de splendides couronnes.

O Sainte Trinité, daigne accueillir nos vœux,
Efface nos péchés, rends-nous prudents et sages ;
Conserve-nous la paix afin que dans les cieux
Nous puissions te louer à travers tous les âges.

POUR PLUSIEURS MARTYRS

(Au temps pascal)

Brillant Roi des Martyrs chrétiens,
Des Confesseurs vive lumière,
Toi qui du ciel donne les biens
Aux contempteurs de cette terre ;

Hâte-toi d'ouvrir à nos voix
Les oreilles de ta clémence,
Nous chantons les divins exploits,
Fais-nous pardon de toute offense !

Tu triomphes dans tes héros ;
Tu fais grâce à qui te confesse ;
O donneur des faveurs d'en Haut
Triomphe aussi de nos faiblesses.

A Dieu le Père gloire, honneur,
Au Fils qui revient à la vie,
Au Saint-Esprit consolateur,
Pareillement gloire infinie.

—

POUR UN CONFESSEUR PONTIFE
ET NON PONTIFE

C'est en ce jour béni que le saint Confesseur
Dont les peuples chrétiens célèbrent la mémoire,
A quitté cette terre et, l'allégresse au cœur,
Est monté dans la gloire.

Toujours humble et pieux, le regard vers le ciel,
Pur et chaste de mœurs, ami de la prudence,
Tant que l'âme ici-bas soutint son corps mortel,
Il garda l'innocence.

Par son mérite insigne auprès du Dieu puissant,
Le malade souvent en butte à la souffrance,
Ou l'infirme perclus sur un lit gémissant
Obtient sa délivrance.

C'est pourquoi nous chantons unis en même chœur,
Ses vertus, ses grandeurs et sa palme brillante,
Afin qu'en tous les temps nous ayons la faveur
De son aide puissante.

Louange, honneur, pouvoir au Maître souverain,
Qui sur son trône assis, rayonnant de lumière,
De l'univers entier dirige le destin,
A lui notre prière !

POUR LES VIERGES

Jésus des Vierges la lumière,
Toi par une mère enfanté
Seule Vierge en devenant mère,
Écoute-nous avec bonté.

Entouré de Vierges candides,
Tu promènes parmi les lis,
Tes beaux joyaux, Époux splendide,
Aux épouses tu répartis.

Vers quel lieu que tu te diriges,
Les Vierges te suivent en chœur,
Disant toujours sur tes vestiges
Des chants d'amour, des chants d'honneur.

Pour nous, chaste Époux de nos âmes,
Donne à nos sens, nous t'en prions,
D'être à l'abri de toutes flammes
Qui portent la corruption.

Louange, honneur, gloire, puissance
Au Père, au Fils, à l'Esprit-Saint;
A tous les trois un en essence
Louange, honneur, gloire sans fin.

—

POUR LES SAINTES FEMMES

Louons à l'envi cette femme
Au cœur viril et généreux ;
Cette Sainte que l'on proclame
Avec allégresse en tous lieux.

L'amour divin l'ayant blessée,
Elle bannit l'amour mondain ;
Et le ciel fixant sa pensée,
Elle en suivit le dur chemin.

Par les armes de la prière
Et par les jeûnes rigoureux,
Elle fournit sainte carrière,
Et maintenant elle est aux cieux.

O Jésus, force de nos âmes,
Roi qui commandes aux passions,
Prête l'oreille à nos réclames,
Par la Sainte nous t'en prions.

Gloire au Père source de vie,
Au Fils gloire pareillement ;
Au Saint-Esprit qui sanctifie
Gloire, honneur éternellement.

PROPRE DU TEMPS

L'AVENT

Auguste Architecte des cieux,
Des croyants splendide lumière,
O Jésus, sauveur gracieux,
Daigne écouter notre prière.

Dans ton amour, au genre humain
Qu'eut perdu le démon perfide,
Tu voulus bien tendre la main,
Servir de remède et de guide.

Pour payer les crimes de tous
Tu naquis, victime innocente,
D'une Vierge et subis pour nous
De la croix la peine infamante.

O grand Maître de l'univers,
Ton nom terrible sonne encore
Que dans les cieux et les enfers
Tout être fléchit et t'adore.

Lorsque viendra le dernier jour
Tu seras un juge sévère ;

Ah ! pare-nous de ton secours,
Tant d'ennemis nous font la guerre !

Gloire, vertu, louange, honneur
Au Père, au Fils ; mêmes hommages
Au Saint-Esprit consolateur,
Maintenant et dans tous les âges !

CHANT PARTICULIER A QUELQUES ÉGLISES

Rorate.....

Ciel, verse ta rosée abondante et féconde,
Nuages, épanchez le Rédempteur du monde.

Ne vous souvenez pas de notre iniquité,
Calmez, Seigneur, calmez votre juste colère ;
Voyez le triste état de la sainte cité,
Hélas ! c'est un désert ; votre beau sanctuaire,
Sion, en solitude est aussi transformé ;
Jérusalem gémit, ce temple de prières
Que vous avez souvent de gloire illuminé,
Où vous louaient en chœur nos ayeux et nos pères.
Ciel, verse ta rosée......

Nous avons tous péché, du révoltant lépreux
Nous sommes devenus la trop fidèle image ;

Et nous sommes tombés tristes et malheureux
Comme tombe la feuille au temps dur de l'orage ;
Nos crimes si nombreux, ainsi qu'un ouragan,
Nous ont pris, dispersés ; et voilant votre face
Vous nous avez brisés sous le joug accablant
De notre iniquité et de votre disgrace.
Ciel, verse ta rosée......

Mais, voyez, ô Seigneur, la grande affliction
De votre pauvre peuple, et dans votre tendresse
Du grand libérateur hâtez la mission ;
Des pierres du désert, selon votre promesse,
Faites sortir enfin l'Agneau dominateur ;
Qu'il vienne sur le mont de la fille bénie,
De Sion, notre amour, pour que, par sa valeur
Notre joug secoué, nous voyons la patrie.
Ciel, verse ta rosée......

Peuple, consolez-vous, je vous le dis encor,
Peuple, consolez-vous, proche est la délivrance ;
Pourquoi vous désoler sur votre triste sort ?
Pourquoi pour votre Dieu manquer de confiance ?
Oui, je vous sauverai ; rassurez votre cœur,
Car, je suis le Seigneur, le Dieu bon qui pardonne,
Le Dieu saint d'Israël, le divin Rédempteur,
Qui d'une étroite paix le saint baiser vous donne.
Ciel, verse ta rosée......

25 DÉCEMBRE

LA NATIVITÉ DE N. S. J.-C.

A VÊPRES

O Jésus, aimable Sauveur,
Unique Fils que Dieu le Père
Engendra pareil en grandeur
Avant de créer la lumière.

De Dieu le Père la beauté,
Du genre humain douce espérance,
De tes enfants, dans ta bonté,
Daigne écouter la vive instance.

Souviens-toi, puissant Créateur,
Qu'en le sein d'une Vierge pure
Tu pris, touché par nos malheurs,
Des mortels la pauvre nature.

Ainsi l'atteste ce beau jour
Que tour à tour chaque an ramène;
Tu quittas le divin séjour
Pour racheter la race humaine.

La terre, la mer et les cieux,
Tout ce qui vit, en allégresse
Répètent des chants glorieux
Au souvenir de ta tendresse.

Et nous que l'onde de ton sang
Purifia dès notre enfance,
Nous voulons en pieux accents
Chanter le jour de ta naissance.

A toi d'une Vierge le fruit,
O Jésus, à toi nos hommages ;
A Dieu le Père, au Saint-Esprit,
Honneur aussi dans tous les âges.

LA NATIVITÉ DE N. S. J.-C.

A LAUDES

De l'orient jusqu'aux confins
Les plus reculés de la terre,
Chantons le Christ, chantons sans fin
Le Prince né de Vierge Mère.

Le Créateur de l'univers
De l'esclave a pris la livrée,
Afin de sauver par la chair
La chair par lui-même créée.

Déjà la grâce a pénétré
Le sein d'une Vierge fidèle,
Cette Vierge porte enfermé
Un mystère inconnu par elle.

Tout-à-coup son cœur innocent
Du Dieu du Ciel devient le trône ;
Elle conçoit, toujours gardant
De vierge intègre la couronne.

Elle enfante l'Emmanuel
Par Gabriel prédit d'avance,
Dont Jean dans le sein maternel
Avait ressenti la présence.

D'une crèche il fait son berceau,
Il couche sur la paille dure ;
Et lui, qui nourrit les oiseaux,
Reçoit du lait pour nourriture.

Tout joyeux, les Anges en chœur
Chantent à Dieu d'hymnes célestes,
Et le Pasteur, le Créateur
A des bergers se manifeste.

28 DÉCEMBRE

LES SAINTS INNOCENTS

Salvete flores.....

Salut, fleurs des Martyrs, victimes innocentes
Qu'enleva de Jésus le dur persécuteur,
Comme enlève et détruit toutes roses naissantes
L'ouragan destructeur.

Vous, troupeau gracieux, hécatombe première,
Qui dans votre candeur au glaive souriiez,
Avec palme et couronne, éclatants de lumière,
Dans le ciel vous jouez.

Gloire à vous, ô Jésus, qui, pour sauver le monde,
Daignâtes accepter d'une vierge le sein ;
Gloire au Père et de même à l'Esprit qui féconde,
A tous gloire sans fin.

LA FÊTE DE L'ÉPIPHANIE

Que peux-tu craindre, Roi cruel,
Du Dieu-Roi qui vient sur la terre ?
Qui donne les trônes du Ciel
De ceux d'ici-bas n'a que faire.

Les Mages l'étoile suivaient,
Cherchant par elle la lumière ;
Dieu dans l'enfant leur apparaît,
Par des présents ils le révèrent.

L'Agneau céleste du Jourdain
A touché l'eau qui purifie ;
Et nos péchés, lui le plus saint,
Il les prend et nous sanctifie.

De sa puissance trait nouveau !
Il commande et l'eau s'est rougie ;
Il fait verser cette même eau,
Et de vin l'urne s'est remplie.

A toi qui parais en ce jour,
O Jésus, à toi nos hommages,
Au Père, à l'Éternel Amour
Honneur et gloire en tous les âges.

CHANT PARTICULIER A QUELQUES ÉGLISES

Adeste.....

Accourez, ô chrétiens, en hymnes de louanges,
Venez à Bethleem et, l'allégresse au cœur,
Voyez le nouveau-né, voyez le Roi des Anges,
Venez, venez, venez, adorons le Seigneur !

Aussitôt prévenus, vers son berceau modeste
Les bergers tout heureux courent avec ardeur ;
Et nous non moins joyeux, montrons-nous aussi prestes,
Venez, venez, venez, adorons le Seigneur !

Sous un voile de chair qu'il a pris en échange,
Du Père nous verrons l'éternelle splendeur ;
Nous verrons l'Enfant-Dieu couvert de pauvres langes,
Venez, venez, venez, adorons le Seigneur !

Baisons ce Dieu pour nous dans la misère extrême,
Sur la paille couché, vagissant de douleur ;
Comment ne pas aimer un Dieu qui tant nous aime ?
Venez, venez, venez, adorons le Seigneur !

LE 2e DIMANCHE APRÈS L'ÉPIPHANIE

LE SAINT NOM DE JÉSUS

Qu'il est doux de Jésus le nom !
Il remplit l'âme d'espérance ;
Mais le miel à si grand renom
Est bien moins doux que sa présence.

Rien de plus suave à chanter,
A l'oreille autant agréable ;
Rien de plus saint à méditer
Que de Dieu le Fils adorable.

Jésus, l'espoir du pénitent,
A qui t'invoque ta main s'ouvre ;
Pour qui te cherche bienfaisant,
Que n'es-tu pas pour qui te trouve ?

Non, ce que c'est que de t'aimer,
La langue ni la plume même
Ne sauraient jamais l'exprimer,
Seul, il peut le croire qui t'aime.

Sois donc notre joie, ô Sauveur,
Qui dois être notre couronne ;
Fais que nous placions le bonheur
Dans ton amour, qui seul le donne.

POUR LE CARÊME

O tout aimable Créateur,
En ce saint temps de pénitence,
Reçois nos prières, nos pleurs
Que nous versons en repentence.

Toi qui sondes les fonds du cœur,
Tu sais notre grande faiblesse ;
Aux pécheurs brisés de douleur,
De ton pardon fais la largesse.

Nos péchés, hélas ! sont nombreux,
Mais grâce aux âmes pénitentes !
Et pour l'honneur du nom de Dieu,
Guéris les âmes languissantes.

Donne-nous qu'en domptant nos corps
Par une sobre nourriture,
Nos cœurs plus libres et plus forts
Du vice quittent la pâture.

O Bienheureuse Trinité,
Unité simple et glorieuse,
Fais que du jeûne la bonté
Pour tes enfants soit fructueuse.

CHANT PARTICULIER A QUELQUES ÉGLISES

Attende.....

Jetez sur nous, Seigneur, un regard de bonté,
Si grande contre vous est notre iniquité.

Rappelez-vous, Seigneur, notre triste aventure ;
Succombant aux instincts d'une pauvre nature,
Nous avons péché tous, ainsi que nos ayeux ;
Nous avons violé l'éternelle justice,
Et nos crimes commis avec grande malice
De la tête ont passé le nombre des cheveux.
Jetez sur nous.........

Notre cœur au penser de nos grandes misères,
Se remplit aussitôt de tristesses amères ;
La voix de l'ennemi, les tourments des pécheurs
Nous jettent dans l'effroi ; notre perte est prochaine,
Et pas le moindre appui pour nous tirer de peine ;
La mort nous fait sentir ses horribles terreurs.
Jetez sur nous.........

Oh ! ne rejetez pas, Seigneur, plein de clémence,
Un cœur humilié, brisé de repentence ;
Nous vous en supplions dans le jeûne et les pleurs ;
Nous répandons l'aumône au sein des pauvres frères,
Qui vers vous avec nous font monter leurs prières ;
Nous nous tournons vers vous si prodigue en faveurs.
Jetez sur nous..........

Ecoutez, Israël, ô vigne bien aimée,
De mes mains avec soin je vous avais plantée,
Comment donc ont surgi contre moi vos aigreurs?
J'attendais à bon droit les doux fruits de sagesse,
Et j'ai l'iniquité pour prix de ma tendresse ;
J'attendais votre amour, je reçois des clameurs.
Jetez sur nous..........

Toutefois écoutez la voix qui vous appelle,
Revenez au Seigneur et soyez-lui fidèle ;
Je vous délivrerai de la captivité ;
Je vous rachèterai, les taches de vos crimes
Mon sang les lavera ; je serai la victime
Et votre Rédempteur pour vous plein de bonté.
Jetez sur nous..........

LE DIMANCHE DE LA PASSION

L'étendard du Roi flotte au vent,
De la croix brille le mystère
Où l'auteur de l'être, en mourant,
Porta la vie et la lumière.

Par une lance transpercé,
Son flanc présente une blessure ;
De l'eau, du sang il a versé
Pour nous laver de nos souillures.

Ainsi s'accomplit de David
L'oracle chanté sur sa lyre ;
Aux nations il avait dit :
« Par le bois s'est fait son empire. »

Le bel arbre, à riches décors,
Orné de la pourpre royale,
Et choisi pour toucher un corps
Qu'en beauté nul autre n'égale.

Heureux arbre, glorieux bois
Qui porta la rançon du monde,

Balance qui donna son poids,
Et qui vainquit l'esprit immonde.

O croix, notre espoir, notre honneur,
Je te salue et te révère ;
Du juste augmente la ferveur,
Accorde au pécheur grâce entière.

Source de vie, ô Trinité,
Tout esprit chante ta clémence ;
Au bien par la croix apporté
Joins l'éternelle récompense.

PROSE

EN L'HONNEUR DE LA SAINTE-VIERGE AU PIED DE LA CROIX

Sous la croix du calvaire
Où son Fils se mourait,
Debout la pauvre Mère
Toute en pleurs se tenait.

Navrée et gémissante,
Sous le poids du malheur,
Un glaive la tourmente
Et déchire son cœur.

Oh ! comme elle est meurtrie
En son cœur généreux
Cette Mère bénie
Du premier né de Dieu !

Quel abyme insondable
De chagrins, de soucis
Lui creuse le spectacle
Des tourments de son Fils !

Et qui sur cette terre
Pourrait tenir ses pleurs
En voyant cette Mère
En si grandes douleurs ?

Qui pourrait impassible
La voir même un instant,
Elle au cœur si sensible,
Avec son Fils souffrant ?

Pour son peuple coupable
Elle voit son Jésus
En martyre ineffable
Et par les fouets battu.

Ce Fils de sa tendresse,
Elle le voit mourir
Dans l'extrême détresse,
Sans pouvoir le servir.

O bonne et tendre Mère,
De sentir donne-moi
Ta douleur trop amère,
De souffrir avec toi.

Fais que mon cœur s'enflamme
De l'amour de Jésus,
Qu'à lui plaire mon âme,
Ne songe jamais plus.

O Mère, que ses plaies,
Je t'en prie instamment,
Soient désormais gravées
En moi profondément.

De ton Fils adorable
Accablé, succombant,
Avec moi, vrai coupable,
Partage les tourments.

Fais qu'avec toi je pleure,
Qu'à Jésus tendrement
Jusqu'à la dernière heure
Je sois compatissant.

Oui, près de la croix sainte
Je veux aussi rester ;
A ton deuil, à ta plainte
Je veux m'associer.

O des vierges la Reine,
Ne me tiens pas aigreur,
Que je sente ta peine
Et partage ton pleur !

La mort et les supplices
Du Christ fais-moi porter ;
Que mes chères délices
Soient de les méditer !

Que ses très-saintes plaies
Me blessant à leur tour,
Sa croix soit mes livrées
Et son sang mon amour !

Pour me sauver des flammes,
Triste sort du méchant,
Vierge, défends mon âme
Au jour du jugement.

A mon heure dernière,
O Jésus, mon Sauveur,
Donne-moi par ta Mère
La palme du vainqueur !

Et quand la mort cruelle
Aura frappé mon corps,
Que mon âme fidèle
Ait du Ciel les trésors !

LE JOUR DES RAMEAUX

A LA RENTRÉE DE LA PROCESSION

A toi, Christ, divin Rédempteur
Qu'en ce jour la tendre jeunesse
Célèbre avec vive allégresse
A toi gloire, louange, honneur !

A toi le sceptre d'Israël,
Fils de David par la naissance ;
O Roi digne de révérence,
Tu viens au nom de l'Eternel.
A toi Christ. . . . .

Le chœur des Anges dans les cieux,
L'homme mortel sur cette terre,
Tout être qui voit la lumière
T'honorent par des champs pieux.
A toi Christ. . . . .

Avec des palmes les Hébreux
Devaut toi courent et se pressent ;

Pour nous dans une sainte ivresse,
Nous t'offrons nos chants et nos vœux.
A toi Christ........

Ils te rendaient ces grands honneurs
A la veille de ta souffrance ;
Nous t'honorons en jouissance
Du céleste et parfait bonheur.
A toi Christ........

Ils te plurent leurs chants joyeux ;
Daigne aux nôtres, Roi de clémence
A qui plait toute bienfaisance,
Faire un accueil bien gracieux.
A toi Christ........

LE VENDREDI-SAINT

A L'ADORATION DE LA CROIX

Chante, ô ma langue, avec ardeur
Le brillant combat du Sauveur
Avec l'ennemi de sa gloire ;
Dis bien haut que c'est en mourant
Sur la croix, supplice infamant,
Qu'il a reimporté la victoire.

Touché de l'accablant malheur
Où gisait le premier pécheur
Par sa révolte téméraire,
Il choisit un arbre nouveau
Dont le bon fruit guérît les maux
Causés par le fruit délétère.

Il le fallait pour le salut ;
Par l'artifice Dieu voulut
Confondre la ruse infernale,
Employant pour la guérison
L'arme elle-même du démon
Qui fut à l'homme si fatale.

Lors donc que le moment advint
De racheter le genre humain,
Dieu le Fils, sur l'envoi du Père,
Descendit des hauteurs du Ciel,
Et revêtant un corps mortel,
Il naquit d'une Vierge mère.

Une crèche fut son berceau,
Ses compagnons deux animaux ;
Pour parler des pleurs en échange,
Lui tantôt de gloire vêtu,
Pour préserver ses membres nus,
Sa mère n'a que quelques langes.

A l'âge de plus de trente ans,
L'agneau divin né dans le temps
Pour expier le commun crime,
Sur une croix est élevé
Pour être soudain immolé,
Sainte et volontaire victime.

C'est là qu'il meurt en subissant
Les épines, les clous perçants,
Le fiel amer et les injures ;
D'une lance est percé son flanc,
D'où jaillissent de l'eau, du sang,
Qui nous lavent de nos souillures.

O Croix, objet de notre foi,
Seule noble parmi les bois,
Non, aucun arbre n'est capable
De produire un aussi beau fruit,
O Clous, ô Bois, votre produit
Est d'une douceur ineffable.

Fléchis tes branches et détends
Ses membres que ton jet trop grand
Tient en état de violence ;
Perds aussi de ta dureté,
Pour que ce Roi plein de bonté
Soit allégé dans sa souffrance.

Seul entre tous, arbre béni,
Tu méritas d'être choisi
Pour porter la Victime sainte,
Être l'arche qui mène au port,
Et du sang jailli de son corps
Recevoir la divine teinte.

Gloire, honneur à la Trinité,
Pendant toute l'éternité ;
Égal hommage à Dieu le Père,
A Dieu le Fils, à leur doux nœud,
Que l'univers de chacun d'eux
Chante le nom et le révère !

LE SAINT JOUR DE PAQUES

PROSE

A la pascale Hostie
Que les chrétiens pieux
Chantent en harmonie
Des cantiques joyeux.

L'Agneau par sa souffrance
A sauvé les brebis ;
Les pécheurs par clémence
De Dieu sont les amis.

Entre la mort et l'être
Un duel s'établit;
Du vivre meurt le Maître ;
Puis, brillant il revit.

Dis nous vite, ô Marie,
Toi qui viens du chemin,
Réponds à notre envie,
Qu'as tu vu ce matin ?

J'ai vu, tout étonnée,
Du Christ ressuscité
La tombe illuminée
De divine clarté.

J'ai vu de tout beaux Anges
De blancheur éclatants,
Le suaire, les langes
Tous témoins rassurants.

Oui, le Christ, ma pensée,
Mon espoir, est vivant;
D'avance en Galilée
Ses amis il attend.

Oh! l'heureuse nouvelle !
Christ, l'objet de nos vœux,
De la tombe mortelle
Est sorti glorieux.

A toi louange et gloire,
O le noble Vainqueur;
Pour don de ta victoire
Prends-nous bien en faveur!

LE SAINT JOUR DE PAQUES

PROSE

Alleluia.......

Soyez en joie, enfants pieux;
Le Roi du ciel, le Roi de gloire
Sur la mort en ce jour heureux
A remporté pleine victoire.
Alleluia........

Et Madeleine au cœur brûlant,
Et Jacobée et Salomée,
Portant des beaumes odorants,
Dès le matin sont arrivées.
Alleluia........

Par Madeleine prévenus,
Deux apôtres de préférence

Vers le sépulcre, tout émus,
Courent en grande diligence.
Alleluia........

Mais plus que Pierre se hâtant,
Car le trait de l'amour le presse,
Jean le premier au monument
Arrive tout plein d'allégresse.
Alleluia........

Un ange revêtu de blanc,
Assis sur la funèbre pierre,
Annonce aux femmes hautement
Que Christ a revu la lumière.
Alleluia......

A ses apôtres renfermés
Christ apparaît dans le cénacle,
Leur disant : O mes bien aimés,
Gardez la paix si désirable.
Alleluia......

Bientôt Thomas absent alors
Apprend la nouvelle étonnante ;
Mais sa foi peu solide encor
Laisse son âme chancelante.
Alleluia......

Vois donc, ô Thomas, mon côté,
Vois mes pieds, vois mes mains percées,
Bannis ton incrédulité
Devant ces preuves avérées.
Alleluia......

Dès que Thomas voit du Sauveur
Le flanc, les pieds, les mains de même,
Il s'écrie en grande ferveur :
Vous êtes bien le Dieu suprême.
Alleluia......

Heureux ceux qui sans avoir vu
Sont dans la foi restés fidèles !
A ceux-là le divin Jésus
Donne les gloires éternelles.
Alleluia......

Fêtons ce jour si glorieux
Par des cantiques d'allégresse,
Chantons, chantons de notre Dieu
Et le triomphe et la tendresse.
Alleluia......

Dans les plus humbles sentiments
Et mus par la reconnaissance,
Célébrons en pieux accents
La divine munificence
Alleluia......

POUR LE TEMPS PASCAL

Au banquet royal de l'Agneau,
Vêtus de la robe des anges,
Après avoir franchi les eaux,
Chantons du Prince les louanges.

Dans son amour, de son pur sang
Il nous sert la coupe bénie,
Et son corps saint toujours vivant
Sur l'autel il le sacrifie.

Le sang sur les portes empreint
De l'Ange fait rentrer l'épée,
La mer s'enfuit, laisse un chemin,
L'armée hostile est submergée.

Le Christ est notre Pâque à tous,
Vraiment la pascale victime,
Et pour les cœurs bien purs et doux
Il est aussi le pain azyme.

O Victime, présent des cieux,
Devant toi l'enfer s'humilie,
De la mort tu brises les nœuds,
Par toi revient l'heureuse vie.

Triomphant des enfers vaincus,
Le Christ étale son trophée ;
Il traîne le démon confus
Et du ciel nous ouvre l'entrée.

O bon Jésus, de tes enfants
Sois désormais toute la joie,
Et ceux qu'a ravivés ton sang,
Garde-les dans la sainte voie.

Honneur à toi, Sauveur divin,
Qui sur la mort eus la victoire ;
A Dieu le Père, à l'Esprit Saint
Dans tous les temps honneur et gloire !

LE 3e DIMANCHE DE PAQUES

LE PATRONAGE DE SAINT JOSEPH

Que les Saints, ô Joseph, célèbrent tes louanges !
Que ton nom soit chanté par tous les chœurs chrétiens,
Toi qui par tes vertus, à la Reine des Anges
Méritas d'être uni par de chastes liens.

Quand tu vois tout d'abord en ton épouse Sainte
Du mystère accompli les signes apparents,
Du doute tu ressens la douleureuse atteinte ;
Mais un Ange t'éclaire et rassure tes sens.

Tu presses l'enfant Dieu, l'objet de ta tendresse,
Empressé, tu le suis en Egypte fuyant ;
Dans Solyme perdu, tu le cherches sans cesse ;
Retrouvé, de bonheur des larmes tu répands.

Et tandis que les Saints, ô faveur singulière !
Ne sont qu'après leur mort admis auprès de Dieu,
Toi dans l'exil encor sur cette pauvre terre
Tu partageas longtemps le sort des bienheureux.

Pour nous, ô Trinité, montre ta bienfaisance,
Par Joseph donne-nous de monter dans le Ciel,
Afin que nous puissions de la reconnaissance
Te chanter tout heureux le cantique éternel !

L'ASCENSION DE N. S. J.-C. AU CIEL

Brillant Sauveur du genre humain,
Jésus, nos délices suprêmes,
Fondateur du monde chrétien
Et lumière de ceux qui t'aiment,

Que ton amour dut être ardent
Pour te charger de tous nos crimes,
Subir la mort, toi l'innocent,
Pour nous arracher aux abîmes.

Tu brises l'infernal chaos,
Sauves toute âme prisonnière,
Et vainqueur après tes travaux,
Tu tiens la droite de ton Père.

Puisses-tu dans ton vif amour,
Réparer nos pertes funestes !
Fais qu'admis à te voir un jour
Nous brillions des clartés célestes !

Voie et guide des voyageurs,
Inspire seul notre espérance ;
Sois notre joie après nos pleurs
Et notre douce récompense !

FÊTE DE LA PENTECOTE

PROSE

Esprit-Saint, Dieu très bon,
Venez et dans notre âme
Envoyez un rayon
Qui l'éclaire et l'enflamme !

Venez nous visiter,
Vous des pauvres le Père,
Des grâces le foyer
Et des cœurs la lumière !

Parfait Consolateur,
De notre âme hôte aimable,
Apaisement du cœur,
Soyez-nous favorable !

Vous êtes aux labeurs
Le repos qui soulage,
Le calmant des ardeurs,
Dans le deuil le courage.

O lumière des cieux
Bienfaisante, éternelle,
Remplissez de vos feux
Le cœur de tout fidèle !

Sans votre fort appui
Rien n'est bon dans les hommes ;
L'innocent s'est enfui,
Et coupables nous sommes.

Purifiez nos cœurs,
Qu'il cessent d'être arides ;
Guérissez nos langueurs,
Rendez-nous intrépides !

Brisez notre raideur,
Chauffez notre âme tiède
Redressez nos erreurs,
Gardez-nous sous votre aide !

Donnez à vos enfants
Remplis de confiance
Vos sept riches présents
Avec munificence !

Rendez-les méritants
Dans le cours du voyage ;
Et qu'enfin triomphants,
Le Ciel soit leur partage !

LA PENTECOTE

A VÊPRES

O Saint-Esprit, Dieu créateur,
Viens visiter tes chères âmes,
Et de ta grâce dans nos cœurs
Infuse les ardentes flammes !

Toi qui portes des noms si beaux :
Le Paraclet qui tout ravive,
Douce onction, don du très Haut,
Feu, charité, source d'eau vive,

Qui te donnes en sept présents,
De Dieu le doigt et l'auréole,
Promis par le Père en son temps,
Qui mets sur lèvres la parole,

Éclaire notre entendement,
Réchauffe notre âme attiédie
Et de ta force constamment
Soutiens notre chair affaiblie !

Pourchasse au loin nos ennemis,
Donné-nous une paix qui dure,
Fais qu'à ta voix toujours soumis,
Nous suivions une route sûre.

Que par toi nous connaissions Dieu
Le Père et le Fils son image,
Et qu'en toi, le souffle des deux,
Nous croyons toujours d'âge en âge.

Gloire au Père dans tous les temps,
Gloire au Fils recouvrant la vie,
Au Saint-Esprit pareillement,
A tous les trois gloire infinie !

LA TRÈS SAINTE TRINITÉ

Déjà baisse l'astre du jour,
Sainte Unité, divine flamme,
O Trinité, de votre amour
Hâtez-vous de remplir notre âme !

Matin et soir votre saint nom
Est le sujet de nos louanges ;
Faites qu'un jour, à l'unisson,
Nous le chantions avec les Anges !

Au Père gloire, au Fils aussi ;
A l'Esprit-Saint mêmes hommages,
Comme au passé, toujours ainsi,
Honneur et gloire en tous les âges :

LE TRÈS SAINT SACREMENT

PROSE

Entonne tes plus beaux cantiques,
Sion, célèbre ton Sauveur ;
Exalte en hymnes magnifiques
Ton Dieu, ton chef et ton Pasteur.

Autant qu'il est en ta puissance,
De ton zèle excite l'ardeur,
Il est si grand par son essence
Qu'insuffisant est tout honneur.

Pour ranimer les saintes flammes,
Le mystère de sa bonté,
Le pain vivant, le pain des âmes,
Nous est aujourd'hui présenté.

C'est le pain qu'en cène dernière,
« Ainsi qu'il fut toujours transmis, »
Jésus servit en tendre Père
Aux douze apôtres ses amis.

Que nos louanges retentissent
En plein éclats, en vifs transports
Que de nos poitrines jaillissent
Des chants joyeux, de saints accords.

Car c'est la fête solennelle,
Le souvenir de ce beau jour
Où tout d'abord le Christ fidèle
Nous donna ce gage d'amour.

Sur cette table merveilleuse
De notre grand et nouveau Roi
La Pâque nouvelle et joyeuse
Ferme la Pâque d'autrefois.

L'ancien rite au nouveau fait place,
Devant le vrai l'ombre s'enfuit ;
Et la lumière pure chasse
Toutes ténèbres de la nuit.

Ce beau rite, éminent de gloire,
D'abord en cène institué,
Christ a voulu qu'en sa mémoire
Il fût pour nous perpétué.

Et c'est pourquoi, sur son exemple,
Pour le salut du genre humain,
Journellement dans le saint temple
Nous consacrons le pain, le vin.

C'est là le dogme indubitable
Au chrétien toujours enseigné ;
Le pain se fait chair véritable ;
En sang le vin est transformé.

Ce mystère incompréhensible
Confond nos yeux et notre esprit ;
Mais malgré l'ordre du visible,
La foi vive nous affermit.

Sous des espèces différentes,
Mais dans les signes seulement,
Pour les fidèles sont latentes
Des richesses d'un prix très grand.

Là sa chair devient nourriture,
Pour boisson est servi son sang ;
Néanmoins tout entier il dure
Sous chaque signe différent.

Il ne peut être par nature
Détruit, divisé, ni rompu ;
C'est pourquoi sous cette figure
Toujours intègre il est reçu.

Toujours de même indélébile
Par un, par mille est-il mangé?
Un seul reçoit autant que mille,
Et jamais il n'est consumé.

Bons et méchants tous le reçoivent,
Mais qu'ils diffèrent dans leur sort !
Car les uns la vie y perçoivent,
Les autres y trouvent la mort.

Aux méchants la mort il apporte,
Aux bons la vie et les présents ;
Ciel ! que le pain de même sorte
Produit des effets différents !

Quand enfin l'espèce est brisée,
Restez fermes, souvenez-vous
Que la parcelle séparée
Contient Jésus comme le tout.

Jamais le fond ne se fracture,
Ce n'est que le signe apparent ;
Et dans l'état et la stature
Il n'est point fait de changement.

Voilà donc le Pain Angélique
Devenu le pain des humains;
C'est des enfants le pain mystique,
Qu'il ne faut point donner aux chiens.

Il était figuré d'avance
Dans Isaac au cœur si doux,
Dans l'agneau de la délivrance,
Et dans la manne à si bon goût.

O bon Pasteur, pain véritable,
Divin Jésus si charitable,
Ayez pitié de vos enfants ;
Soyez leur pain et leur défense,
Qu'ils aient un jour en jouissance
L'heureuse terre des vivants !

Vous dont le savoir est immense
Tout aussi bien que la puissance,
Vous qui nourrissez les mortels,
Faites, ô Sauveur débonnaire,
Que vos convives sur la terre
Soient vos convives dans le Ciel !

LE TRÈS SAINT SACREMENT

Pange lingua.....

Chante, ô ma langue, le mystère
Du corps rayonnant de lumière,
Ainsi que du sang précieux
Que pour sauver l'homme coupable
Répandit le Roi favorable,
Fruit béni d'un sang généreux.

Donné par le Ciel à la terre,
Né pour nous d'une Vierge Mère,
En ce monde il habite un temps,
Répand la divine semence
Et couronne son existence
Par l'ordre le plus étonnant.

Dans la nuit de dernière cène,
Après une observance pleine
Des rites pour Pâques prescrits,
En aliment, bonté suprême !
De ses mains il s'offre soi-même
Aux douze apôtres réunis.

A sa voix, le pain véritable
Se change en sa chair adorable,
En sang le vin se convertit ;
Et si l'esprit faible en lumière
Ne peut saisir ce grand mystère,
A l'humble cœur la foi suffit.

Adorons donc en révérence
Ce Sacrement que la présence
Du Saint des saints rend le plus grand ;
Que le rite antique s'efface,
Que le nouveau règne à sa place,
Et que la foi supplée aux sens.

A Dieu le Père, au Fils de même
Louange, honneur, gloire suprême ;
A l'Esprit souffle de leur cœur,
Dieu lui-même par son essence,
Salut, vertu, réjouissance,
Louange égale, egal honneur !

AUTRE POUR LE SAINT SACREMENT

Sacris solemniis.....

Célébrons cette fête en transports d'allégresse,
Que la foi nous inspire une hymne de ferveur ;
Il faut que le vieil homme en ce jour disparaisse,
Que tout se renouvelle, œuvres, voix et le cœur.

C'est le Mémorial de la dernière cène,
Où le Christ desservit aux frères réunis,
L'agneau, le pain azyme, en observance pleine
Des rites et des lois à leurs pères prescrits.

Après l'agneau pascal de lui-même figure,
Aux apôtres assis, nous enseigne la foi,
Il servit de ses mains son corps en nourriture,
Et chacun tout entier le reçut à la fois.

Il offrit tour à tour à ses timides frères
Le plateau de son corps, la coupe de son sang,
Leur disant d'une voix aussi douce que claire :
« Prenez tous ce calice, avec foi buvez-en. »

Ainsi fut établi le divin sacrifice,
Dont, comme le respect commandait d'en user,
Aux prêtres seulement il a commis l'office,
Pour d'abord s'en nourir, puis le distribuer.

Le Pain des Anges saints les hommes le partagent ;
Du passé par ce pain la figure finit :
O prodige d'amour, oh ! le merveilleux gage!
Le pauvre, l'humble serf du grand Dieu se nourrit.

O Divinité sainte, unique en trois personnes,
Daigne nous visiter comme nous t'en prions ;
Vers le Ciel ton séjour qu'avec bonté tu donnes,
Conduis-nous par la main, nous te le demandons.

AUTRE POUR LE SAINT SACREMENT

Verbum supernum.....

Le Verbe éternel descendu
Sans quitter la droite du père,
Toujours à sa tâche assidu
Vint au terme de sa carrière.

Sur le point d'être aux ennemis
Livré par l'apôtre parjure,
A ses disciples réunis
Il se donna pour nourriture.

Le don de son corps, de son sang,
Il le fit sous deux apparences,
Pour nourrir l'homme entièrement,
Formé qu'il est de deux substances.

Il s'est fait un frère en naissant,
Au festin notre subsistance,
Notre rançon en expirant,
Dans le Ciel notre récompense.

Toi qui donnes accès aux Cieux,
O Victime si salutaire !
Les combats nous pressent nombreux,
Sers-nous la force nécessaire.

Toujours honneur et gloire à Dieu,
Unique quoique en trois personnes ;
Qu'il veuille bien, comblant nos vœux,
Nous donner du Ciel les couronnes !

AUTRE POUR LE SAINT SACREMENT

Adoro te supplex.....

A tes pieds prosterné, je t'adore, ô mon Dieu,
Sous les voiles sacrés qui cachent ta présence ;
Mon cœur de son amour exhale tous les feux,
Car ce présent céleste excède ma puissance.

La vue et le toucher et le goût font défaut,
Mais la foi par l'ouïe en mon âme pénètre ;
Je crois tout ce qu'a dit le Verbe du Très-Haut,
Nul docteur après lui plus sûr ne saurait être.

Du grand Dieu sur la croix pas le moindre rayon ;
A l'autel moins encor, l'homme même s'efface ;
Je les crois l'un et l'autre, et comme le larron
Croyant et converti, je te demande grâce.

Je n'ai pas de Thomas l'éminente faveur,
Pour mon Dieu néanmoins tout haut je te proclame ;
Mais de ma foi pour toi rends plus vive l'ardeur ;
Que tu sois mon espoir, seul objet de ma flamme !

Source de pureté, de ton sang précieux
Dont une seule goutte eût racheté des mondes,
Lave, lave mon âme, ô Sauveur généreux,
Loin d'elle du péché les souillures immondes !

O Jésus, qu'à présent je ne vois qu'à travers
Des voiles très-épais, que mon vœu s'accomplisse !
Fais que. te contemplant un jour à découvert,
Du bonheur de ta gloire à jamais je jouisse !

AUTRE POUR LE SAINT SACREMENT

Ave verum.....

Salut, corps vraiment né
De la Vierge Marie,
Sur la croix immolé
Pour nous rendre la vie !

Vous qui, le flanc percé
Par la lance poignante,
Du sang avez versé
Et d'eau purifiante,

Soyez, soyez pour nous,
Dans nos luttes extrêmes,

Ainsi qu'un avant-goût
Des délices suprêmes

Jésus plein de douceur,
Fils d'une tendre Mère,
Prenez-nous en faveur,
Aidez notre misère!

FÊTE DU SACRÉ-CŒUR

Des siècles puissant Créateur,
Jésus, Sauveur plein de clémence,
De Dieu le Père la splendeur,
Vrai Dieu de vrai Dieu par essence.

Pour nous rendre le beau trésor
Perdu par notre premier père,
Nouvel Adam, l'amour plus fort
Te fit prendre notre misère.

Des mers, de la terre et des cieux
Cet amour artisan si sage,
Plaint les fautes de nos ayeux
Et de nos chaînes nous dégage.

Ah ! garde-le ce vif amour
Qui vers nous t'entraîne et te donne ;
Fais qu'en lui nous puisions toujours
La douce grâce qui pardonne.

Si par la lance il fut percé,
S'il a souffert tant de blessures,
C'est que par l'eau, le sang versé
Tu voulais laver nos souillures.

Au Père, au Fils notre devoir,
Au Saint-Esprit pareil hommage ;
Le règne, gloire et tout pouvoir
Dans tous les temps sont leur partage.

Propre des Saints

18 JANVIER

LA CHAIRE DE SAINT PIERRE

Ce que tu lieras, ô Pierre, sur la terre
Au Ciel sera lié ; comme aussi par contraire
Bien délié sera ce qu'aura délié
Ton pouvoir, et par toi chacun sera jugé.

Au Père gloire, honneur, louanges éternelles,
A toi Fils éternel nos hommages fidèles ;
Au Paraclet de même, et que la Trinité
Soit louée à l'envi pendant l'éternité !

25 JANVIER

LA CONVERSION DE SAINT PAUL

Forme les mœurs, ô Paul, ô docteur glorieux,
Avec toi dans le ciel attire bien les âmes;
Et tandis que la Foi sous voile entrevoit Dieu,
Fais que la Charité jette seule ses flammes.

A Sainte Trinité gloire éternellement ;
Tout honneur, tout pouvoir, la plus vive allégresse
A la Sainte Unité qui, pendant tous les temps,
Gouverne l'univers avec tant de sagesse !

18 MARS

SAINT GABRIEL, ARCHANGE

Divin Jésus, des saints Anges l'honneur,
Père et Sauveur de notre humaine race,
De parvenir au suprême bonheur
A tes enfants daigne accorder la grâce !

Fais que Michel, ce bon Ange de paix,
Soit envoyé du Ciel sur cette terre
Pour y porter de la paix les bienfaits
Et dans l'enfer reléguer toute guerre.

Que Gabriel chasse nos ennemis ;
Que temples saints au Ciel tant agréables,
Par Christ vainqueur fondés en tout pays,
Il les visite apportant ses oracles.

Que Raphaël, ce médecin puissant,
Vienne du Ciel pour guérir tout infirme,
Et que nos pas, hélas ! si chancelants
Dans la vertu fortement il confirme.

Que Sainte Vierge au cœur si généreux,
De la paix Reine et Mère de lumière,
Que tous Esprits, tous habitants des Cieux
Nous prêtent bien leur concours tutélaire !

Que ces faveurs la sainte Trinité,
Le Père et Fils, et l'Esprit, leur tendresse,
Dont le saint nom en tous lieux est chanté,
Nous les accorde avec grande largesse !

13 AVRIL

SAINT HERMÉNÉGILDE, MARTYR

Sur le trône royal de la noble Ibérie
Tu fus, Herménégilde, un astre de vertu ;
Et tu brilles parmi les saints de la Patrie,
Qui pour l'amour du Christ leur sang ont répandu.

Oh ! qui n'admirerait ta grande patience,
Et ta fidélité dans les pieux serments !
Tu ne veux que ton Dieu, et tu fuis par prudence
Des humaines grandeurs les charmes séduisants.

Comme tu comprimas sous une forte étreinte
Les mouvements du cœur vers le vice entraînant :
Comme dans les sentiers de la vérité sainte
Sans jamais dévier tu marchas prestement !

Au Père souverain honneur, gloire suprême ;
Que nos lèvres au Fils redisent de beaux chants,
Que semblables honneurs soient prodigués de même
A leur Souffle divin à travers tous les temps.

18 MAI

SAINT VENANT, MARTYR

Venant, le martyr du Très-Haut,
Des Camartins lumière et gloire,
Vainqueur du juge et du bourreau,
Tout joyeux chante sa victoire.

Jeune encor, après maints tourments,
Les fers, les coups, la prison dure,
Aux lions de faim rugissants
Il est jeté comme pâture.

Mais les lions, soudain surpris
De la candeur de son visage,
Lèchent ses pieds déjà meurtris,
Oubliant leur faim et leur rage.

Retourné sur un noir brasier,
Il en respire la fumée,
Ses flancs sont brûlés en entier
Avec une lampe enflammée.

Au Père, au Fils, au Saint-Esprit
En tous les temps gloire infinie,
Que de Venant le grand crédit
Nous ouvre la sainte patrie.

---

24 MAI

NOTRE-DAME AUXILIATRICE

Bien souvent les chrétiens entourés d'ennemis
Ont vu la Sainte-Vierge, à si grande puissance,
Descendre à leur appel des célestes parvis
Pour prendre leur défense.

Témoins les vieux écrits de nos pieux ayeux,
Témoins les temples saints décorés de trophées
Et ces fêtes encor monuments de leurs vœux
Chaque an renouvelées.

Qu'il soit aussi permis, pour des bienfaits récents,
De lui bien témoigner notre reconnaissance ;
Que Rome et l'univers en glorieux accents
Chantent sa bienfaisance.

O jour trois fois heureux, digne d'être noté,
Où, cinq ans écoulés dans la douleur amère,
De la Foi le Gardien est de nouveau monté
Sur la chaire de Pierre.

Vierges pures de mœurs, vous enfants innocents,
Vous prêtres du Seigneur et vous peuple fidèle,
Rivalisez d'ardeur pour chanter les présents
De la Reine immortelle.

O la plus chaste Vierge, ô Mère de ce Fils
Qui nous a tant aimés, achève ton ouvrage,
Fais que Pie en la paix conduise ses brebis
Au divin pâturage.

O sainte Trinité, digne des plus beaux chants,
Puissions-nous à jamais te rendre nos hommages!
Puissions-nous par le cœur comme par les accents
Te louer en tous âges!

19 JUIN

SAINTE JULIENNE DE FALCONIÈRE

O Julienne, quand tu soupires
Après les noces de l'Agneau,
De ta maison tu te retires
Et fondes un ordre nouveau.

Quand tu gémis sur la souffrance
Du Christ en croix, l'amour divin
Te transperce et la ressemblance
Du saint époux sur toi s'empreint

Devant sa Mère tu t'alarmes,
Si vives sont tes sept douleurs ;
Mais l'amour qu'activent tes larmes
En fait tempérer les ardeurs.

Aussi quand la mort est prochaine,
Jésus miraculeusement
Allège le poids de ta peine,
Te nourrit du saint aliment.

Au Créateur gloire suprême,
A son égal le Fils divin,
Au Saint-Esprit égal lui-même,
A Dieu seul louange sans fin.

---

24 JUIN

SAINT JEAN-BAPTISTE

Afin que les chrétiens à ton culte fidèles,
Puissent, ô grand saint Jean, hautement te louer.
Nos lèvres tout d'abord, hélas ! si criminelles
Hâte-toi de laver.

Un messager des cieux à ton vénéré père
Au nom de Dieu promet un fils à grand renom,
Lui dictant tour à tour les faits de sa carrière
Et jusques à son nom.

Mais ton père avec doute accueille le message,
Et soudain de parler il perd la faculté ;
Tu nais en temps prédit, et tu lui rends l'usage
De l'organe affecté.

Encore renfermé dans le sein de ta mère,
Tu reconnais Jésus comme toi renfermé,
Et prophète déjà, tu montres le mystère
A tes parents charmés.

Gloire au Père, à son Fils, sa splendeur éternelle,
Gloire de même à toi leur vertu, leur amour;
A l'unique Seigneur louange solennelle
Maintenant et toujours.

---

29 JUIN

SAINT PIERRE & SAINT PAUL

Il fut resplendissant de lumière éternelle
Le jour où les deux Chefs des apôtres vainqueurs
Reçurent du grand Dieu la couronne immortelle;
Où du ciel le chemin fut ouvert aux pécheurs.

Le céleste Portier et le Docteur sublime,
De Rome fondateurs et juges des humains,
Du glaive et de la croix triomphantes victimes;
Siègent lauréats dans le sénat des Saints.

O bienheureuse Rome, ô cité consacrée
Par le sang généreux de ces Princes vaillants,
Devant toi de ce sang arrosée, empourprée,
Toute cité du monde en honneurs se répand.

A la Trinité sainte, à l'auguste Unité
Qui régit l'univers avec tant de sagesse,
Pendant le temps présent et dans l'éternité
Louange, honneur et gloire en bien vive allégresse.

LE 1er DIMANCHE DE JUILLET

LE PRÉCIEUX SANG DE N. S. J.-C.

Qu'on entonne en tous lieux de magnifiques chants,
Que soudain de bonheur les fronts s'épanouissent ;
Que l'enfant, le vieillard près des autels brillants
En chœur se réunissent !

Honorant en ce jour le sang que le Sauveur
A versé sur la Croix en si grande abondance
Nous refuserons-nous à mêler ies doux pleurs
De la reconnaissance ?

Pour le crime fatal de notre père Adam
La justice de Dieu frappa l'humaine race,
Mais Adam le nouveau, plein d'amour, innocent,
Nous a rendu la grâce.

Un grand cri de douleur est monté jusqu'aux cieux,
Le Père entend la voix de son Fils adorable ;
Son sang l'a désarmé ; par ce Fils généreux
Il pardonne au coupable.

Qui se lave en ce sang efface de son cœur
Toute tache et reçoit une vive lumière,
Qui l'assimile à l'Ange et qui fait qu'au Seigneur
Il ne cesse de plaire.

Dans les sentiers pieux soyons persévérants,
Que chacun jusqu'au bout à son Dieu soit fidèle ;
Celui qui nous secourt nous rendra dans son temps
La couronne immortelle.

O Père tout puissant, tu nous a rachetés
Par le sang de ton Fils, une nouvelle vie
Tu nous rends par l'Esprit ; ah! comble tes bontés,
Ouvre-nous la patrie.

22 JUILLET

SAINTE MARIE MADELEINE

O des pères le plus aimable,
Ton regard enflamme d'ardeur
La Madeleine si coupable
Et fond la glace de son cœur.

Sur tes pieds elle court blessée
Verser des baumes précieux,
Les embrasse tout éplorée,
Les essuie avec les cheveux.

Sur la croix comme en sépulture,
Elle ne te délaisse pas ;
Sa charité brûlante et pure
Lui fait braver les durs soldats.

O Jésus, foyer de tendresse,
Efface nos iniquités ;
Soutiens notre grande faiblesse
Donne du ciel les voluptés.

Au Père, au Fils gloire suprême,
Au Saint-Esprit pareillement,
Comme au passé toujours de même
A Dieu gloire éternellement.

1ER AOUT

SAINT PIERRE AUX LIENS

Remis en liberté par un touchant miracle,
Sur l'ordre de son Dieu, Pierre jette ses fers ;
Pasteur de bergerie et conducteur affable,
A ses chères brebis il tient toujours ouverts
Des pâturages frais, des sources abondantes,
Et conjure des loups les fureurs menaçantes.

Gloire éternellement au seigneur Dieu le Père ;
De splendides honneurs, ô Fils, te sont bien dus ;
Qu'au divin Paraclet, saint foyer de lumière,
De semblables honneurs soient de même rendus !
Que sainte Trinité, digne de tous hommages,
Soit louée à présent et pendant tous les âges !

6 AOUT

LA TRANSFIGURATION DE N. S. J.-C.

Vous tous qui cherchez le Sauveur
Avec un cœur pur et sincère,
Levez les yeux vers la hauteur
Vous l'y verrez dans la lumière.

Quelque chose d'éblouissant,
D'infini, de haut, de céleste,
A ce monde préexistant,
Aux yeux surpris se manifeste.

C'est ici le Roi tout puissant,
Le roi des Juifs qu'en sa clémence,
Dieu promit au père Abraham
Et de même à sa descendance.

Après Prophètes pour témoins
Qui tout haut affirment sa gloire,
Dieu lui-même à son tour enjoint
De l'écouter et de le croire.

Toi qui te montres aux petits,
O Jésus, à toi nos hommages ;
Que le Père ainsi que l'Esprit
Soient loués pendant tous les âges !

3e ou 4e DIMANCHE DE SEPTEMBRE

NOTRE-DAME DES SEPT DOULEURS

Oh ! quel affreux torrent de pleurs
Et quel déchirement de cœur,
Quand des mères la plus aimante
Reçoit de la Croix détaché
Le corps de son Fils expiré,
Oh ! quelle scène désolante !

Elle baise dans sa douleur
Sa bouche empreinte de douceur,
Sa poitrine où l'amour abonde,
Son flanc par la lance blessé,
Ses mains et ses pieds transpercés,
De larmes elle les inonde.

Cent fois et mille fois encor
Elle serre ce divin corps
En étreintes affectueuses;
Sur blessures les yeux fixés,
Elle se fond en pleurs versés
Avec des plaintes douloureuses.

O Mère, nous t'en supplions
Par tes pleurs, tes afflictions,
Ainsi que par la mort horrible
Et les blessures de ton Fils,
Imprime dans nos cœurs soumis
De ton cœur la peine indicible.

Au Père, au fils, à l'Esprit saint
Louange, honneur, gloire sans fin;
Aux trois personnes réunies,
En ce siècle et pareillement
Dans l'avenir et dans tout temps,
Gloire et louanges infinies!

29 SEPTEMBRE

SAINT MICHEL, ARCHANGE

O Jésus, la splendeur du Père,
Vie et force de notre cœur,
Des purs esprits qui te révèrent
Nous partageons les chants d'honneur.

Une troupe innombrable d'Anges
T'environne et combat pour toi ;
Porte-étendard Michel l'Archange
Marche à leur tête avec la croix.

C'est lui qui dans le noir abîme
Précipita le fier dragon ;
Qui foudroya du ciel sublime
Satan avec ses compagnons.

Unis à ce prince fidèle,
Combattons l'Ange révolté,
Pour que de la palme immortelle
Par l'Agneau nous soyons dotés.

Au Père gloire, au Fils aussi,
Au Saint-Esprit mêmes hommages ;
Comme au passé, toujours ainsi,
Honneur à Dieu dans tous les âges !

2 OCTOBRE

LES SAINTS ANGES GARDIENS

Nous chantons des mortels les gardiens sur la terre,
Ces Esprits à qui Dieu prudemment a commis
D'être nos compagnons, nos guides tutélaires
Contre nos ennemis.

Le terrible démon nous voyant à sa place
Appelés aux honneurs par sa faute perdus,
Brûle de jalousie et veut, dans sa disgrâce,
Entraîner les élus.

Accours donc au secours, ô Protecteur fidèle,
De tous lieux confiés pourchasse au loin les maux,
Fais que, mis à couvert sous le toit de ton aile,
Nous gouttions le repos.

A la Trinité sainte honneur, gloire éternelle,
Par elle l'univers est réglé sagement ;
A son nom trois fois saint louange solennelle
A travers tous les temps.

---

15 OCTOBRE

SAINTE THÉRÈSE

Messagère du Roi des cieux,
Tu fuis la maison paternelle
Pour verser ton sang généreux
Et porter Christ à l'infidèle.

Mais plus douce sera ta fin,
Moins cruel sera ton supplice ;
Le glaive de l'amour divin
Consommera ton sacrifice.

Noble victime de l'amour,
O Thérèse, brûle nos âmes ;
Ceux qui réclament ton secours
Sauve-les des maudites flammes.

Louange au Père, au Fils aussi,
A l'Esprit Saint mêmes hommages ;
Comme au passé, toujours ainsi,
Louange à Dieu dans tous les âges.

3e DIMANCHE D'OCTOBRE

LA PURETÉ DE LA T.-S. VIERGE

O des vierges noble gardienne,
Mère pure de l'Eternel,
Porte céleste, aimable Reine,
Notre espoir, délices du ciel,

Lis brillant parmi les épines,
Colombe aux reflets les plus beaux,
Rejeton sorti des racines
Pour nous guérir de tous nos maux,

Tour au dragon inaccessible,
Etoile chère aux naufragés,
Prête-nous ton aide invincible,
Garde-nous au sein des dangers.

De l'erreur dissipe les ombres,
Sauve-nous des écueils cachés,
Et dans les flots nombreux et sombres
Ouvre un chemin aux dévoyés

A toi d'une Vierge le fruit,
O Jésus, à toi nos hommages ;
A Dieu le Père, au Saint Esprit
Gloire aussi pendant tous les âges

---

20 OCTOBRE

SAINT JEAN CANTIUS

1res VÊPRES

O Jean, de Pologne l'honneur,
Foyer rayonnant de lumière,
Du Sacerdoce la splendeur,
A toi de plus le nom de Père.

En maître tu prêches la Foi
Et tu la suis sans défaillance ;
Qu'importe de savoir la loi
Si l'on n'ajoute l'observance ?

Des apôtres en pèlerin
Tu vas voir la tombe bénie ;
Guide nos pas dans le chemin
Qui mène à la sainte patrie.

A Jérusalem tu te rends
Pour suivre les traces sanglantes
Des pas du Christ, et tu répands
Partout des larmes abondantes.

Blessures du divin Sauveur,
Dans nos cœurs gravez votre empreinte,
Que nous pensions avec ardeur
A mériter la palme sainte.

Que l'univers, ô Trinité,
T'adore en un culte fidèle ;
Et nous, le cœur réconforté
Entonnons une hymne nouvelle !

—

2mes VÊPRES

Par ta prière, ô grand saint Jean,
Nous conjurons la noire peste,
Et la santé, riche présent,
Remplace la langueur funeste.

Ceux même qui par triste sort
Sont atteints de maux incurables,
Tu les arraches à la mort,
Leur donnes des forces durables.

Des objets soudain entraînés
Par les eaux du fleuve en furie,
Vers la source sont ramenés
Sans subir la moindre avarie.

Puisque ton crédit est si grand
Auprès de Dieu, bienheureux père,
Entends les vœux de tes enfants,
Prête-nous ton bras tutélaire.

Trinité sainte, une toujours,
Unité sainte en trois personnes,
Au nom de Jean notre secours,
Donnez-nous du Ciel les couronnes !

24 OCTOBRE

SAINT RAPHAEL, ARCHANGE

Divin Jésus, splendeur du Père,
Vie et force de notre cœur,
Nous t'adressons notre prière,
Et mêlant notre voix au chœur
De tes saints et sublimes Anges,
Nous chantons joyeux tes louanges.

Nous honorons avec grand zèle
Tous les Princes du Paradis,
Mais surtout l'ami si fidèle
Par qui tous nos maux sont guéris,
Raphaël, qui tient sous la chaîne
L'esprit de mensonge et de haine.

O Jésus, Roi plein de tendresse,
Qui nous donnes ce conducteur,
Du démon brise la hardiesse,
Et lavant nos corps et nos cœurs,
Rends-nous dignes par ta clémence
D'avoir du Ciel la récompense.

En des concerts de mélodie
Chantons au Père gloire, honneur,
Au Fils aussi gloire infinie,
Ainsi qu'au saint Consolateur ;
A Trinité préexistante
Louange vive et permanente.

1er NOVEMBRE

LA TOUSSAINT

O Christ, pardonne aux serviteurs
Pour qui la Vierge leur patronne
Implore instamment tes faveurs,
Aux pieds de ton auguste trône.

Et vous, heureuses légions,
En neuf phalanges ordonnées,
Anges saints, nous vous en prions,
Gardez du mal nos destinées.

Apôtres ainsi que Voyants,
Fléchissez le Juge sévère ;
Que les pécheurs vrais pénitents
Trouvent en lui le meilleur Père.

Vous empourprés de votre sang,
Vous Confesseurs pleins d'énergie,
Faites que, l'exil finissant,
Nous arrivions dans la patrie.

Et vous des Vierges chaste chœur,
Vous du désert hôtes modestes,
Obtenez pour nous la faveur
D'occuper les trônes célestes !

Éloignez du sein des croyants
Le peuple infidèle et perfide ;
Afin qu'unis et confiants,
Nous n'ayons tous qu'un même guide.

A Dieu le Père gloire, honneur,
A Dieu le Fils mêmes hommages,
Au divin Souffle de leur cœur
Honneur et gloire en tous les âges.

2 NOVEMBRE

COMMÉMORAISON DES MORTS

PROSE

Ce jour-là, jour de la colère,
« Disent la Sybile et David »,
L'univers entier en poussière
A tout jamais sera réduit.

O Ciel ! soudain quelle épouvante
S'emparera de tout humain
Lorsque sur la nue éclatante
Viendra le Juge souverain.

Alors la trompette éternelle,
Jetant ses sons terrifiants,
Poussera la foule mortelle
Vers le trône du Tout-Puissant.

La mort ainsi que la nature
S'abîmeront dans la stupeur,
Quand du tombeau la créature
Viendra répondre au Dieu vengeur.

Le livre aux causes criminelles
Que Dieu lui-même tour à tour
A tracé de sa main fidèle
Sera produit et mis au jour.

Quand donc ouvriront ces assises,
Tout secret se révèlera ;
Alors quelles dures surprises !
Rien d'impuni ne restera.

Et pour gagner son indulgence,
Que dirai-je, moi si pécheur ?
Qui réclamer pour ma défense
Lorsque le juste est en frayeur ?

O Roi de majesté terrible,
Vous qui sauvez par charité,
A mes vœux montrez-vous sensible,
Sauvez-moi, source de bonté.

Souvenez-vous, Dieu charitable,
Que de m'arracher à la mort
Vous prîtes la tache admirable,
Ne me perdez donc pas alors.

Pour me trouver, votre grand zèle
Toute mesure a méconnu ;
Vous êtes mort de mort cruelle,
Et ce labeur serait perdu !

O juste Juge de vengeance
Avant qu'ouvre le jugement,
N'écoutez que votre clémence,
Faites remise entièrement.

Je gémis ainsi qu'un coupable,
De rougeur se couvre mon front ;
Hélas ! je suis si misérable !
Pitié, mon Dieu, grâce et pardon !

Vous reçûtes la pécheresse,
Le larron à mort condamné
Fut l'objet de votre tendresse,
L'espoir aussi m'avez donné.

Il est vrai, mes pauvres prières
Ne sont d'aucun prix à vos yeux ;
Mais vous, ô le meilleur des Pères,
Sauvez-moi des éternels feux.

Dans les brebis donnez-moi place,
Séparez-moi des boucs impurs,
Qu'à votre droite mis en grâce
Je sois compris parmi les purs.

Sauvez-moi des flammes cruelles
Où seront jetés les maudits ;
Par vos entrailles paternelles,
Nommez-moi parmi les bénis.

Oui, mon Dieu, je vous en supplie,
Comme cendre le cœur broyé,
Au terme extrême de ma vie,
Soyez pour moi plein de pitié.

Oh ! comme il sera lamentable
Le jour où, du tombeau sortant,
Devant Dieu sera le coupable,
Pour y subir son jugement !

O Jésus, Sauveur débonnaire,
Compatissant à tous nos maux,
Faites-lui donc la grâce entière ;
Aux morts accordez le repos !

LE DIMANCHE APRÈS L'OCTAVE DE TOUS LES SAINTS

LA DÉDICACE DES ÉGLISES

Jérusalem, sainte cité,
De la paix séjour enchanté,
Toi que Dieu de pierres vivantes
Construit dans les chantiers des cieux,
Les Anges te suivent joyeux
Comme une épouse triomphante

Heureuse épouse, qu'ils sont beaux
De ta couronne les joyaux !
Pour ta dot la gloire du Père,
Les biens si riches de l'époux,
La royauté, l'honneur si doux
De suivre Christ dans sa carrière.

Ses portes en purs diamants
D'un vif éclat étincelants
Sont ouvertes en permanence.
C'est là que conduit la vertu
Quiconque pour Christ assidu
Porte sa croix en patience.

Et les pierres de ce palais
Bâti dans l'ordre plus parfait,
Dieu, l'Architecte incomparable,
Les travaille de son ciseau,
Les polit avec son marteau
Et les place en rang convenable.

Rendons au Père créateur
Le juste et saint tribut d'honneur ;
Au divin Fils mêmes hommages,
Ainsi qu'au fruit de leur amour,
Oui, disons partout et toujours
Louange à Dieu dans tous les âges.

Petit Office de la très-sainte Vierge

—

A MATINES

Celui qu'adore l'univers
Dont les cieux, la mer et la terre
Exaltent le nom de concert
Marie en est vraiment la mère.

Celui qu'écoutent le Soleil,
La terre et toute créature
Est devenu notre pareil
Dans le sein d'une vierge pure.

Heureuse mère, dont le sein
A renfermé l'être suprême,
L'architecte qui dans sa main
Renferme le monde lui-même !

Vierge heureuse que salua
Un archange avec révérence,

Que le Saint-Esprit féconda,
A qui le Christ doit sa naissance!

A toi d'une Vierge le fruit,
O Jésus, à toi nos hommages ;
A Dieu le Père, au Saint-Esprit
Mêmes honneurs dans tous les âges!

—

A LAUDES

Vierge des vierges la couronne,
Des plus beaux astres la splendeur,
En aliment ton lait tu donnes
A l'enfant-Dieu ton créateur.

Ce que perdit l'Ève première,
Tu nous le rends avec excès ;
Aux exilés, nouvelle Mère,
Du Ciel tu rétablis l'accès.

De ce palais Porte bénie,
Tu fais encore l'ornement ;
A la Vierge qui rend la vie,
Peuples élus, donnez des chants.

Louange, honneur, gloire suprême
A toi d'une Vierge le fils ;
Au Père, au Saint-Esprit de même
En tous temps honneurs infinis.

—

A PRIME, A TIERCE, A NONE

Souviens-toi, divin Créateur,
Qu'en le sein d'une Vierge pure,
Tu pris, touché par nos malheurs,
Des mortels la pauvre nature.

Marie, ô Mère du Sauveur,
De la clémence douce mère,
Tends sur nous ton bras protecteur
Reçois-nous à l'heure dernière.

Jésus d'une Vierge le fruit,
A toi nos suprêmes hommages ;
A Dieu le Père, au Saint-Esprit
Mêmes honneurs dans tous les âges.

—

A VÊPRES

Salut, étoile de la mer,
Du Dieu Sauveur aimable Mère,
Vierge qui tiens le ciel ouvert
A qui t'implore et te révère,

(Voir la suite, page 9.)

AU SALUT

PROSE : *Inviolata.....*

Vous êtes, ô Marie, sans tache, et le fleuron
De la virginité brille sur votre front ;
Du céleste séjour, en splendeur inouie,
Comme Porte, pour nous, vous êtes établie !
O Mère très auguste et très chère à Jésus,
Accueillez de nos chants les hommages bien dus.
Que nos cœurs, que nos corps, par votre vigilance,
Gardent les beaux décors de la pure innocence.
C'est ce qu'en ce moment, de nos voix, de nos cœurs,
Nous réclamons de vous, si prodigue en faveurs.
Oui, par votre prière agréable, efficace,
Pous tous siècles futurs, obtenez-nous la grâce,
O bonne et tendre Reine, ô Marie, ô toujours
La seule immaculée et notre bon secours !

AU SALUT

Prose pour les morts : *Languentibus*.....

Des âmes que retient la justice de Dieu
Dans le dur purgatoire où le péché s'expie,
Prenez bien en pitié le sort si douloureux,
O Marie !

Vous êtes du pardon la source ouverte à tous,
La grâce qui nous lave et, nous réconcilie,
A ces membres souffrants bénigne montrez-vous,
O Marie !

Tendre Mère, vers vous soupirent tous ces morts
Désireux de vous voir et leur peine finie,
Partager avec vous les célestes trésors,
O Marie !

Clef du saint roi David, prêtez votre secours
A ces infortunés en douleur inouie,
Tirez-les de prison, ouvrez l'heureux séjour,
O Marie !

Vous le modèle saint, la règle du croyant,
Le salut de celui qui dans vous se confie,
Priez pour les défunts votre Fils si clément,
O Marie !

Que par votre crédit du sein de leurs tombeaux
Les morts soient rappelés à la nouvelle vie ;
Obtenez leur pardon, menez-les au repos,
O Marie !

—

AU SALUT

Adoremus.....

Adorons éternellement
Le très auguste Sacrement.

Peuples, de la reconnaissance
Entonnez l'hymne avec ardeur ;
O Nations, en même instance
Chantez la gloire du Seigneur
Adorons....

Il a montré, ce tendre Père,
L'immensité de son amour ;
Sa vérité qui nous éclaire
Dans son éclat reste toujours.
Adorons....

A Dieu le Père honneur suprême,
A Dieu son Fils et sa splendeur,
Au Saint-Esprit vrai Dieu lui-même
Egale gloire, égal honneur.
Adorons. . . .

Comme il était à l'origine
Et comme il est présentement,
Comme par l'essence divine
Il sera pendant tous les temps.

Adorons éternellement
Le très auguste Sacrement !

Cantique de St Ambroise et de St Augustin

Te Deum laudamus.....

Nous te louons, ô Dieu, nous te confessons Maître ;
Toute la terre en toi bénit l'Auteur de l'être.
Les célestes Esprits, les brillants Chérubins,
Les Puissances des cieux, les brûlants Séraphins,
Te chantent sans arrêt de leurs voix enflammées :
Saint, saint, saint le Seigneur, le grand Dieu des armées,
Et les cieux et la terre en leur immensité
Sont remplis de ta gloire et de ta majesté.
Des Apôtres le chœur glorieux, admirable,
Des Prophètes le corps tout aussi mémorable
Et des vaillants Martyrs la grande légion
Avec les Anges saints chantent à l'unisson.
Et l'Eglise, à son tour, en tous lieux de la terre
Te confesse un seul Dieu, toi le splendide Père,
Et ton unique Fils, digne de tout honneur,
Ainsi que l'Esprit-Saint le doux consolateur.
O Jésus, roi brillant d'une gloire éternelle,
Toi du Père le Fils et l'image fidèle,
Afin de délivrer le pauvre genre humain,
Tu ne dédaignas pas d'une Vierge le sein.

Tu brisas de la mort l'aiguillon si terrible
Et le ciel aux croyants tu rendis accessible.
Près du Père, depuis, tu règnes dans le ciel,
Et de là tu viendras pour juger tout mortel.
Ah! nous t'en supplions, protège de ta grâce
Ceux que ton divin sang a tirés de disgrâce;
Que parmi les élus ils soient, un jour, comptés.
Oui, Sauveur, toi le Dieu si prodigue en bontés,
Sauve tous tes enfants, bénis ton héritage,
Guide-les, forme-les ton plus parfait ouvrage.
Pour tant de biens reçus nous répétons sans fin
Des cantiques d'honneur en ton nom trois fois saint.
O Seigneur, en ce jour, daigne, dans ta clémence,
Nous garder avec soin de toute moindre offense.
Prends bien pitié de nous, oui, nous t'en conjurons,
Prends bien pitié de nous, fais-nous grâce et pardon;
Que ta miséricorde abondante et féconde
Au gré de nos désirs s'épanche et nous inonde;
En toi nous espérons, source de tous bienfaits,
Quiconque espère en toi ne se méprend jamais.

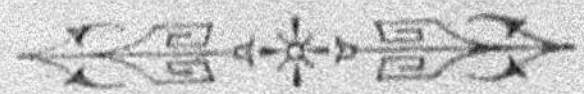

TABLE

www.ingramcontent.com/pod-product-compliance
Ingram Content Group UK Ltd.
Pitfield, Milton Keynes, MK11 3LW, UK
UKHW021545260726
13993UKWH00002B/640

9 782329 258959